2

Otros libros de la serie SWITCH:

Estampida de Arañas

Problema de Grillos

Ataque de Hormigas

Locura de Moscas

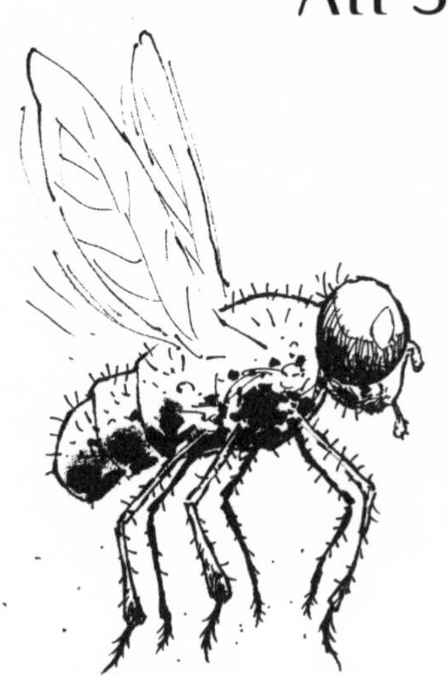

ilustrado por

Ross Collins

Uranito

URANITO EDITORES

ARGENTINA - CHILE - COLOMBIA - ESPAÑA
ESTADOS UNIDOS - MÉXICO - PERÚ - URUGUAY - VENEZUELA

Título original: *S.W.I.T.C.H.*
(Serum Which Instigates Total Cellular Hijack)
Fly Frenzy
Editor original: Oxford University Press

SWITCH (Suero para el total secuestro celular)
Locura de moscas
ISBN: 978-607-7481-52-2
1ª edición: septiembre de 2018

Aribau, 142 pral. 08036 Barcelona

Ediciones Urano México, S.A. de C.V.
Av. Insurgentes Sur 1722, piso 3, Col. Florida
C.P. 01030, Ciudad de México
www.uranitolibros.com
uranitomexico@edicionesurano.com

Diseño gráfico del logo SWITCH: Dynamo Ltd
Adaptación de diseño: Joel Dehesa

Impreso en Litográfica Ingramex S.A. de C.V.
Centeno 162-1, Col. Granjas Esmeralda
C.P. 09810, Ciudad de México

Impreso en México – *Printed in Mexico*

Para Gregory

Danny y Josh (y Piddle)

¡Podrán ser gemelos, pero para nada son iguales! Josh adora a los insectos, las arañas, los bichos y los gusanos. Danny no los soporta. Cualquier cosa pequeña y con múltiples patas lo aterroriza. Por lo tanto, compartir su habitación con Josh puede ser... ejem... interesante. Aunque a los dos les encanta poner insectos en los cajones de su hermana Jenny...

Danny

- NOMBRE COMPLETO: Danny Phillips
- EDAD: 8 años
- ESTATURA: más alto que Josh
- COSA FAVORITA: andar en patineta
- COSA MÁS ODIADA: los bichos rastreros y la limpieza
- QUÉ QUIERE SER DE GRANDE: doble de películas

Josh

- NOMBRE COMPLETO: Josh Phillips
- EDAD: 8 años
- ESTATURA: más alto que Danny
- COSA FAVORITA: coleccionar insectos
- COSA MÁS ODIADA: andar en patineta
- QUÉ QUIERE SER DE GRANDE: entomólogo (estudiar insectos)

Piddle

- NOMBRE COMPLETO: Piddle, el perro Phillips
- EDAD: 2 años de perro (14 años de humano)
- ESTATURA: no mucha
- COSA FAVORITA: perseguir palitos
- COSA MÁS ODIADA: los gatos
- lO QUE MÁS QUIERE HACER: morder una ardilla

ÍNDICE

Horror en los arbustos

"¡Largo de aquí pequeño parásito asqueroso!" gritó Jenny al mismo tiempo que golpeaba a Danny en la cabeza con una revista enrollada.

Josh intentó no reír. Su hermana llevaba cinco minutos tratando de leer tranquilamente sin darse cuenta de que Danny estaba escondido detrás del sofá, frotándose las manos, sacando la lengua y girando los ojos como loco. Jenny tenía medio pastel en las manos y ni siquiera se había dado cuenta de que Josh estaba en la puerta sacando fotografías con su pequeña cámara digital.

Pero las cosas empezaron a ponerse feas en cuanto Danny comenzó a zumbar.

"¡Vayan a jugar afuera, bichos espantosos!" gritó Jenny que tenía catorce años y por lo tanto pensaba que podía decirles qué hacer. Golpeó de nuevo a

Danny y este cayó del sofá y rodó por el suelo de la sala riendo y zumbando.

Josh guardó su cámara en su bolsillo y corrió al jardín de enfrente con su hermano gemelo. "Claro que, si de verdad quisieras ser una mosca, hubieras tenido que escupir ácido estomacal sobre sus galletas de mermelada, caminar sobre ellas hasta hacerlas papilla y luego te las hubieras comido."

Danny dio un zape en la cabeza bien peinada de su hermano cuando iban bajando. "¡Y mamá dice que yo soy el asqueroso!"

"Es la naturaleza," contestó Josh dando otro zape de vuelta en la cabeza con púas. "Las moscas son asombrosas - puedo enseñarte una en el microscopio si quieres."

"¡Guacalá! ¡No quiero!" contestó Danny con un escalofrío. Una cosa era fingir ser un insecto para molestar a Jenny, pero en realidad los odiaba.

"Hace unas semanas te comiste una muy contento," le recordó Josh.

Danny se paró en seco en la puerta de entrada. "¡Creí que habíamos quedado que jamás íbamos a volver a hablar de eso!"

"Bueno sí, pero..."

"¡JAMÁS! dijo Danny.

Afuera, mamá estaba junto a los arbustos platicando con la señora Sharpe, la vecina. El jardín se veía fantástico - todos los arbustos y los arbolitos estaban cuidadosamente recortados y estaba lleno de flores de colores. Los arbustos eran su orgullo. Durante años los había ido podando para darles la forma de tres pájaros en la parte de arriba. Les había explicado a los gemelos que es era conocido como 'poda artística'. Los llamaba sus pajaritos del arbusto.

"¿Vinieron a ayudarme con las hierbas, niños?" les preguntó en cuanto los vio. Mamá había participado en el concurso por el mejor jardín de su ciudad. El último año había quedado en tercer lugar y este año estaba decidida a ganar el primero. Piddle, su pequeño perro terrier, tenía prohibido acercarse al jardín de enfrente. Estaba encerrado en el jardín de atrás para no hacer estropicios. "¡No veo ningunas hierbas!" dijo Josh.

"Aquí hay algunas," dijo la señora Sharpe señalando los rosales. "Y otras por allá, junto a las margaritas. Hay muy poca de hecho. Claro que mi jardín está totalmente libre de hierba, ahora que solo falta aún día para el concurso, no puedo permitir que nada salvaje pueda estropearlo," dijo sonriendo con aire de superioridad. "Tengo que asegurarme de ganar el primer lugar de nuevo este año, ¿verdad, Tarquin?"

Un niño pálido y delgado, más o menos de la edad de Josh y Danny, se asomó detrás de su madre y miró su jardín con desprecio. "Creo que tu trofeo está asegurado, mamá," dijo con voz de pito.

"Bueno," dijo mamá mientras arrancaba con fuerza de su tallo un botón de rosa muerto. "Qué bien que tenga un hijo que la apoye tanto, señora Sharpe."

"Es un encanto," suspiró la señora Sharpe. "¿Le conté que sacó el primer lugar de toda su escuela en matemáticas esta semana? ¡Es el pequeño genio de mamá!" Y enseguida acarició el cabello oscuro y bien peinado de Tarquin. "Desde luego que no todos los niños son genios, ¿verdad?" dijo al voltear a ver a Josh y a Danny con una sonrisa de lástima. "Pero eso no es importante."

Danny se puso a hacer ruidos de náuseas y Tarquin le respondió con unas muecas.

"¡Pues bien!" agregó mamá mientras se arrodillaba y clavaba con fuerza su pala en la tierra. "Nunca se sabe quién podría ganar este año, ¿no es así?"

"¡Así es!" sonrió la señora Sharpe. "Que se divierta intentándolo. En verdad tiene un lindo jardincito..." dijo y se alejó a toda prisa con su hijo, que seguía sacándole la lengua a Danny y a Josh.

"Vamos," dijo mamá. "¡No le hagan caso al genio! ¡A quitar las hierbas por favor!"

Josh y Danny trabajaron quitando de la pared hasta las hierbas más pequeñas y echándolas a la carretilla de su madre. "¡Ahh!" gritó de pronto Danny y agitó la mano. Una pequeña araña cayó y se fue corriendo.

"Sabes, me sorprende que no hayas superado tu miedo a las arañas," dijo tranquilamente Josh. "Considerando que fuiste una de ellas."

"¡Ni me lo recuerdes!" Danny miró asustado a su alrededor en busca de más bichos de ocho patas. "Trato de olvidarlo por completo."

"¿Qué la señora Potts nos roció con su spray SWITCH? ¿Y que nos convirtió en arañas, que caímos por la tubería, que fuimos rescatados por unas ratas, que casi fuimos devorados por un sapo y por un pájaro, para luego ser convertidos de nuevo en humanos, y todo esto antes de la hora del té?" Josh sonrió mientras Danny lo miraba con el ceño fruncido.

"¡No sé cómo puedes estar tan tranquilo al respecto!" gruñó Danny al mismo tiempo que arrancaba con fuerza un diente de león.

"¡No lo estoy!" dijo Josh. "Me da escalofríos solo de pensar en Petty Potts escondida en su laboratorio secreto detrás del cobertizo, convirtiendo a toda suerte de criaturas en otros bichos solo por diversión. Pero también es algo emocionante, ¿no? Y luego los devuelve a su forma original."

"¿Emocionante? ¡Fue aterrador! ¡Fui una araña! ¡Una araña! ¡Me daban miedo mis propias patas!"

Josh arrojó otro manojo de hierbas a la carretilla. "Bueno, descuida. Todo quedó en el pasado y no hemos vuelto a ver a Petty Potts desde ese día. ¡Además, nunca más volveremos a ir a esa casa!"

"¡Hola!" saludó mamá a alguien en la entrada. "Justo a tiempo. Estaba a punto de ir a la tienda de jardinería. ¿Está bien que los niños vayan a su casa?"

Danny y Josh voltearon a verse y al instante sus bocas se abrieron de horror.

Junto a la barda de la entrada estaba su vecina, la señora Petty Potts.

Llámenme Petty

"¡Nooo!" gritaron Josh y Danny con la mirada clavada en la científica secreta que los había convertido en arañas.

"¡Josh! ¡Danny!" su madre volteó a verlos furiosa. "¿Cómo pueden ser tan groseros?"

"Es que..." balbuceó Josh. "Quiero decir que queríamos ir contigo a la tienda de jardinería. Eso es todo..."

Danny simplemente murmuró.

"¡Pues no pueden venir! Tengo mucho qué hacer si quiero ganar ese concurso. No los necesito a ustedes dos corriendo y saltando por todas partes." Mamá puso sus manos sobre sus caderas. Sabían que no servía de nada discutir con ella cuando se ponía así, pero Danny lo intentó de cualquier forma.

"Podríamos ayudar..." dijo.

"¡No! ¡No podrían! Los dejaría en casa, pero Jenny va a salir, y la señora Potts amablemente se ofreció a cuidarlos. ¿Verdad que es encantadora?"

Petty Potts les sonrió con dulzura. Danny pensó que parecía un lobo con sombrero y anteojos.

"Vengan," dijo mientras caminaba de vuelta a su casa. "Tengo pastel..."

"Muy bien," dijo mamá. "Vayan con ella."

"Es que ella es... ¡muy rara!" exclamó Danny.

"Tonterías," dijo su madre. "Es muy amable una vez que la conoces. Sé que antes se quejaba mucho de sus juegos ruidosos, pero últimamente parece que se ha encariñado con ustedes dos."

"Solo es porque quiere usarnos para sus experimentos," murmuró Danny.

Mamá rio. "¡Tú y tus locas ideas, Danny! Ahora, por favor compórtense. ¿Qué esperan? ¡Dijo que tiene pastel!"

"¡NO NOS HAGA NADA, SEÑORA POTTS!" le advirtió Josh al momento en que cerró la puerta de su casa tras ellos. La sala era oscura y anticuada, además de que olía a madera quemada.

POTTS

“Oh, llámenme Petty. Y no sean tontos” dijo. “No tengo ninguna intención de desperdiciar mi spray SWITCH de nuevo en ustedes. Ya lo probé y funcionó. No necesito repetir el experimento.”

“¿Entonces por qué es tan amable con mamá?” preguntó Danny con mirada sospechosa.

“Solo intento ser una buena vecina.” Los llevó por el pasillo hasta la cocina tibia. Efectivamente había un pastel con crema sobre la mesa con dos vasos de refresco de naranja al lado. Petty se sentó a la mesa e hizo señas a sus invitados para que se sentaran en las sillas de junto. “Pero, está bien, si

en verdad tienen que saberlo, me preguntaba si su pequeña aventura de arañas habría tenido algún efecto. ¿Cómo han estado?"

"Bien," gruñó Danny mientras se sentaba y Josh tomaba la silla junto a él. Atormentado volteó a ver el pastel. Se veía muy bueno, pero... "¿Le puso algo a eso?" preguntó. "¿Intenta convertirnos de nuevo en arañas?"

Petty se levantó y los miró muy seria. "Ahora escuchen. Sé que los dos creen que soy una especie de vieja bruja, pero yo solo intento trabajar en mis experimentos. Yo no les pedí que entraran corriendo a mi laboratorio y se pararan justo frente al rociador de spray SWITCH, ¿o sí?"

"No," dijo Josh. "¡Pero sí intentaba rociar a Piddle!"

"¿Perdón?" dijo Petty alzando una ceja detrás de sus anteojos.

"¡Nuestro perro! ¡Piddle! Intentaba rociarlo, ¿cierto?"

"Está bien, lo acepto," dijo al mismo tiempo que se sentaba de nuevo y se ponía a partir el pastel. "Pero no discutamos por eso. Solo hubiera sido temporal. Prometo no volver a tratar de rociar a Piddle

o a ustedes." Tomó una gran rebanada de pastel y le dio una mordida. "¿Lo veeen?" dijo. "Es seguro comerlo."

El pastel se veía demasiado bueno como para resistirse. Luego de algunas mordidas, los chicos se sintieron más relajados. Petty también les dio unos tragos al refresco de naranja para demostrarles que tampoco estaba lleno de jugo SWITCH.

"Para que vean, todo es seguro," suspiró Petty con una expresión pensativa en el rostro. "Aunque una pequeña parte de mí esperaba..."

"¿Qué esperaba?" preguntó Josh con el pastel congelado a medio camino hacia su boca.

"No, no tiene importancia," dijo Petty mientras aplastaba migajas de pastel con los dedos.

"Nada."

"¿Qué?" preguntó Danny.

Petty lamió las migajas de su dedo y miró a los dos chicos como si fuera a decirles algo. "Bueno, la cosa es que necesito ayuda."

"No bromea," gruñó Danny.

"Me refería a que necesito ayuda con mi increíble investigación," dijo Petty. "Llevo mucho tiempo trabajando sola. Si tuviera algo de ayuda... pues... pongámoslo de esta manera, no solo estaríamos hablando de arañas, hormigas o moscas." La mujer hizo una pausa dramática. "También hablaríamos sobre... dragones."

"Josh y Danny la miraron fijamente.

"Cierra la boca, Danny," dijo Petty. "Puedo ver tu pastel todo masticado."

"¿Dragones?" repitió Josh. "¿Quiere decir que puede convertirnos en dragones?"

"Ahora eso ya no importa, ¿o sí?" dijo Petty mientras cortaba otra rebanada de pastel. "Porque ustedes ya no quieren tener nada que ver con el proyecto SWITCH. Es demasiado peligroso."

"¿C-cómo? ¿Cómo podría convertirnos en dragones?" preguntó Danny tragando saliva.

"Bueno, de hecho, no puedo," respondió Petty. "Todavía no. No hasta que encuentre algo que perdí. Una vez que lo encuentre, ¡ya nada me detendrá! Trabajaré desde los insectos hasta los reptiles. Tal vez incluso aves y mamíferos. Pero no hasta que lo encuentre."

"¿Encontrar qué?" preguntó Josh.

Petty les dirigió una mirada penetrante. "Mi memoria," dijo. Josh y Danny miraron de vuelta a su vecina muy sorprendidos.

"Bueno, de hecho, no la perdí," continuó. "Fue destruida. Por Victor Crouch."

"¿Victor Crouch? ¿Quién es él?" preguntó Danny. Esto empezaba a parecer un muy buen juego de adivinanzas.

De pronto, Petty clavó en la mesa con un fuerte crujido el cuchillo del pastel.

"Victor Crouch y yo solíamos ser buenos amigos. Los dos trabajábamos para el gobierno, en el mejor

laboratorio del mundo, oculto bajo tierra en algún lugar de Berkshire. Allí fue la primera vez que di con la fórmula para crear el spray SWITCH, pero lo mantuve en secreto. Luego Victor descubrió mi diario, lo leyó y decidió robar mi trabajo.

Sacó el cuchillo del pastel de la mesa y Danny y Josh se estremecieron cuando lo clavó de nuevo, esta vez con mucha más fuerza. "Entonces robó mis notas y aseguró que el SWITCH era trabajo suyo, y luego... ¡quemó mi memoria e hizo que me despidieran!"

Josh y Danny tragaron saliva. "¿Cómo quemó su memoria? preguntó Danny temeroso.

"¡Oh, hay muchas astutas maneras de hacerlo!" musitó Petty. "Solo sé que así fue por mi nariz."

"¿Su nariz?" preguntó Josh.

"¡Sí, ya no funciona bien! Y una cosa que recuerdo de mis días en la agencia gubernamental es que, cuando quemabas parte de la memoria de alguien, también afectabas su sentido del olfato. Y yo ya no puedo oler bien las cosas. Este pastel huele a queso. El queso me huele a carbón. Y así con otras cosas..."

"Entonces, ¿cómo es que sigue trabajando en su proyecto?" preguntó Josh.

"Bueno," continuó Petty, "lo que Victor no sabía era que yo esperaba que algo así sucediera algún día. Entonces cambié todas mis notas a un código secreto, y luego dejé notas falsas en su lugar, en caso de que alguien intentara jugar sucio conmigo. El verdor código para cada spray SWITCH está cortado en seis partes y cada parte está oculta en uno de estos." Sacó algo de una caja de terciopelo rojo que estaba en la mesa y lo puso contra la luz. Un pequeño cubo de vidrio brilló entre sus dedos. Dentro había un holograma de una araña, con unos extraños símbolos en una línea en la parte de abajo. "Es un cubo de la fórmula SWITCH," dijo. "Contiene una de las partes del código de lo que llamo spray BICHO- SWITCH. Tengo los otros cinco de estos, que son el paquete completo de cubos SWITCH-BICHO." Volteó la caja de terciopelo rojo y vieron cinco cubos más, brillando bajo los rayos de luz que entraban por la ventana de la cocina. Cada uno de ellos tenía hologramas ligeramente diferentes. "Es por esto que todavía puedo hacer mi spray BICHO-SWITCH." Metió de vuelta el cubo en el hueco vacío junto a los otros cinco cubos y cerró la tapa de la caja. "¡Pero hay más! Sé que también hay cubos REPTO-SWITCH, porque solo tengo un cubo en esta caja y hay cinco huecos vacíos." Abrió la tapa de la caja de terciopelo verde y tomó otro cubo, éste con el holograma de un pequeño lagarto dentro y más símbolos extraños.

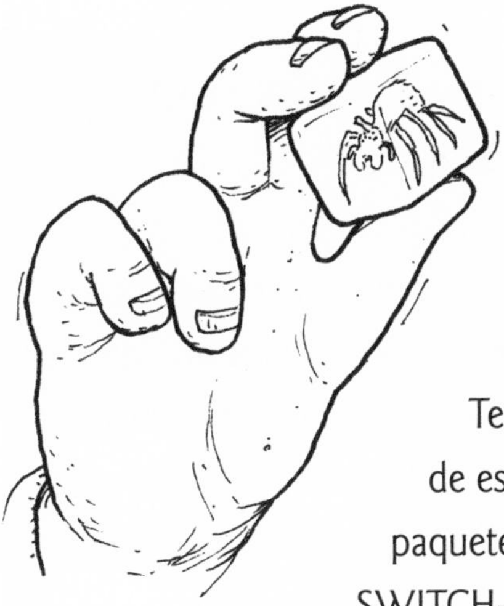

"¡Y también puede haber cubos de mamíferos! ¡Incluso podría haber cubos de aves! No puedo estar segura. No puedo saber qué tanto había avanzado antes de que Victor Crouch se metiera con mi cerebro. Pero primero que nada tengo que encontrar la fórmula del REPTO-SWITCH que está oculta en los cubos que faltan."

Rodó en la palma de su mano el único cubo REPTO-SWITCH y lo sostuvo junto a Josh y a Danny. "Así es que... si fueran mis asistentes, y si pudiéramos encontrar todos los cubos REPTO-SWITCH, pues... bueno... ¿quién dice que no podrían saber qué se siente ser un dragón?"

Emboscada en los arbustos

Josh y Danny quedaron en silencio. Miraban el cubo de vidrio con el lagarto holográfico. "Pero," dijo Josh luego de unos momentos, "Los dragones no existen. Sabemos que puede hacer arañas, pero esas sí son reales. Los dragones son criaturas fantásticas." Josh sabía mucho sobre vida salvaje. Para tener solo ocho años, realmente era todo un experto y estaba seguro de que los dragones no existían.

"Bueno, ¿y qué me dicen del dragón de Komodo?" dijo Petty.

"Está bien, el dragón de Komodo sí existe," admitió Josh. "Y el dragón de agua," agregó Petty.

"Pues sí, ¡está bien! Pero esos solo son especies de lagartijas," dijo Josh. "No pueden volar ni escupir fuego."

"Pero, ¿no lo ves, Josh?" dijo Petty. "¡Puedo convertir humanos en arañas! ¿Por qué no ir un paso más allá? ¿Una mezcla de fórmula de aves con fórmula de reptiles? ¡Tal vez podría crear el spray DRAGO-SWITCH! ¿No te gustaría averiguarlo?

Josh y Danny empezaron a morderse los labios y a golpear con los dedos en la superficie de la mesa. Era una idea maravillosa.

"¡Oh, vamos!" pidió Petty mientras ponía al mismo tiempo que metía el cubo de vuelta en su caja. "¡No me digan que no les gustaría probar convertirse en dragones! Y todo lo que tienen que hacer es ayudarme a encontrar los cubos perdidos, no pueden estar muy lejos. ¡Tampoco es como si los hubiera escondido en Timbuktú! Deben estar cerca de mi laboratorio. Así es que podrían ayudarme a buscar. Y tal vez de paso, probar algunos sprays conmigo... ¡les prometo que es bastante seguro!"

Fue la mirada en el rostro de Petty lo que hizo que Josh y Danny pararan de golpear en la mesa y morderse los labios. Ahora ella misma parecía una araña que trataba de llevarlos hacia su telaraña.

"No," dijo Josh.

"No," estuvo de acuerdo Danny. "¡Está loca!"

Petty abrió la boca.

Y luego se escuchó un grito fuerte de angustia.

Venía de fuera. Danny, Josh y Petty Potts corrieron por el pasillo y estaban frente a la casa en segundos. Mamá estaba afuera viendo su barda.

Alguien había cortado los hermosos pajaritos de sus arbustos.

"¿Quién pudo haber hecho semejante cosa?" gimió mamá viendo con tristeza los troncos de los setos destrozados. No quedaba ni rastro de los pájaros de los arbustos, tan solo algunas de las hojas regadas por el pavimento.

"Pues no se necesita ser un genio para saber quién fue," dijo Petty Potts. "Aunque yo sea uno. Fue la señora Sharpe o su odioso hijo."

"¡No!" mamá se veía estupefacta.

"No creerán que sigue ganando concursos de jardinería cada año sin hacer trampa, ¿o sí?" preguntó Petty. "Su jardín no es tan bonito."

"Pero, ¿cómo podríamos probarlo?" preguntó mamá.

"Bueno, a menos de que hubiera una cámara apuntando hacia su jardín durante la última hora, ¡no se puede!" dijo Petty. Miró a Josh y a Danny con una sonrisa grande e inocente. "Si hubiera alguna forma de entrar a su casa y ser una mosca parada en la pared..."

Los chicos la miraron. ¿No estaba sugiriendo que...? ¿No quería decir que...? ¿O sí?

"¿Vamos adentro mientras que su mamá llama a la policía?" preguntó Petty.

"Gracias, señora Potts," suspiró mamá. "Pero no creo que la policía pueda ayudarme ahora, el concurso es mañana y no podría hacer trampa y pegar los pájaros de nuevo. ¡Ya no están! Pero si los chicos pudieran quedarse un poco más con usted, creo que necesito sentarme y tomar una taza de té en paz."

"No estaba hablando en serio, ¿verdad?" preguntó Danny en cuanto cerraron la puerta delantera de Petty. "¿Sobre lo de ser una mosca en la pared?"

"Recuerden," dijo Petty mientras los guiaba a través de la cocina hacia el jardín trasero. "Les dije que nunca volvería a rociarlos con el BICHO-SWITCH. Pero es gracioso que tengo preparada la variedad de la mosca común, justo hoy, listo para usarse, pero nunca se los rociaría a ustedes."

Josh y Danny la siguieron por el jardín, entre los pastos que le llegaban a la cintura, hasta llegar al cobertizo. "Ni tampoco los haría apretar el botón del temporizador que empieza a rociar el spray y luego les permite entrar a la tienda de campaña antes de que se apague."

"¡No le hagas caso! ¡No entres al cobertizo!" dijo Danny al ver que Josh tenía un brillo especial en los ojos.

Petty entró al cobertizo, pasó junto a la podadora rara vez utilizada, la pica y el rastrillo, hizo a un lado los viejos costales en la pared de atrás y dejó al descubierto una puerta roja de metal. Giró la manija.

Ésta se abrió para entrar a una oscura escalera que llevaba hacia un tenebroso corredor. Danny no pudo evitar que su hermano la siguiera.

"¡Es que podríamos entrar muy fácilmente a casa de la señora Sharpe!" dijo Josh mientras caminaban por el pasillo, que olía a ladrillo y tierra mojada, y a otros olores peculiares que provenían de la habitación

al final. "Su jardín está detrás del nuestro. ¡Podríamos entrar por su ventana, buscar evidencia y estar de vuelta en dos minutos!"

"Pero... ¡es muy peligroso!" suspiró Danny.

"Bueno, no tienes que venir," dijo Josh. "¡Pero nadie se mete con los arbustos de mamá y se sale con la suya! ¡Y menos si yo puedo impedirlo!"

"Claro que no les recomiendo que entren aquí," continuó Petty al tiempo que llegaban a su laboratorio, que estaba lleno de extrañas máquinas, artefactos y una tienda de campaña cuadrada de plástico justo al centro. "O que se acerquen a la cabina de controles y vayan a apretar alguno de los botones. Eso sería lo último que quisieran hacer."

Josh entró a la cabina tras ella. Era del tamaño de una alacena grande y estaba alumbrada con el resplandor verde que salía de las pantallas de tres computadoras, en las que aparecían puros números. En frente de las pantallas había un gran tablero de control que tenía botones marcados con formas de varios insectos y criaturas, igual que los cubos de BICHO-SWITCH. Vio el botón de la araña junto al del escarabajo, debajo del de la hormiga. Abajo de éste estaba uno con forma de mosca. Una mosca. Una mosca en la pared...

Josh no perdió más tiempo. Apretó el botón.

De pronto se escuchó un zumbido y luego una luz azul empezó a salir hacia la tienda de campaña. Corrió y entró en ella por una estrecha apertura, justo cuando empezaba a silbar y a salir una ligera bruma amarilla que le rociaba las piernas.

"¡Josh! ¿Qué haces?" gritó Danny.

"Está bien, no tardaré. Regreso en dos minutos," dijo Josh.

Danny se golpeó la frente y gruñó. Sabía que no podía permitir que su hermano fuera solo. "¡Esta es la peor idea!" agregó y entró a la tienda con Josh.

"Cielos. ¿Qué hemos hecho?" dijo Petty con aire feliz. "Recuerden que es solo temporal, deben regresar lo antes posible. No querrán convertirse de nuevo en niños cuando estén en casa de la señora Sharpe."

Josh empezó a sentirse algo extraño. Las paredes de plástico a su alrededor se sacudían y daban vueltas y luego de golpe se proyectaron hacia arriba, como si él estuviera cayendo. Sin embargo, él aún sentía el piso de concreto bajo sus dos pies. Ah, no. Borren eso. Bajo sus seis pies.

Sopa de baño

"¡WAAHAAAYY!" gritó Josh. Danny estaba encima de él como un gigante. Su pie cercano, con su zapato lleno de lodo, era del tamaño de un camión. Josh parecía ver todo a través de cientos de pequeños lentes hexagonales, y podía ver todo a su alrededor sin tener que moverse. ¡Tenía ojos de insecto!

"¿EEEEEN DOOOOOONDEEEEE ESTAAAAAAAAA?" escuchó a Danny arriba con una voz profunda y fuerte que vibraba a través de su muy afinado y negro cuerpo.

Josh sintió que sus seis patas se movían lejos del suelo y se dio cuenta de que las extrañas cosquillas en su espalda provenían del zumbido provocado por su propio par de alas.

"¡WEE-HEEE!" gorgoreó lleno de emoción mientras se elevaba en el aire como un jet. Un momento después, miraba asombrado la enorme cara de Danny y su propio cuerpo negro y azul que se reflejaba en

las dos gigantescas pupilas brillantes de los ojos de su hermano. Su nueva cabeza de mosca tenía forma casi triangular, porque sus inmensos ojos dorados y saltones redondeaban las esquinas. Dos antenas regordetas (llamadas papilas, lo sabía gracias a sus libros sobre la vida salvaje) se movían en el lugar en donde antes estaba su nariz, cada una con pequeñas antenas pequeñas y picudas. Josh sacó la lengua, pero lo que salió de la zona de su barbilla era una cosa negra como palo que se doblaba por la mitad, como un codo. Tenía en la punta una bola esponjosa.

"¡Sí!" gritó Josh. "¡Tengo una trompa!"

"¿JOOOOOO-OOOOOO-OOOOSH?

resonó el gigantesco rostro de Danny y sus ojos tintinearon por el asombro. Y de pronto, éste desapareció y se transformó en un diminuto punto negro abajo, en el suelo. Unos segundos después, estaba en el aire junto a Josh. "¡Josh! ¡Josh!" dijo emocionado con voz chillona y los saltones ojos de insecto. "¡Puedo volar!"

"Es genial, ¿no?" respondió Josh con una risita de felicidad que salía desde su peculiar boca.

"¡Y puedo ver mi propio trasero!" se maravilló Danny. "¡Y sin tener que voltear la cabeza!"

"Bueno, ¡eso hace que valga la pena!" dijo Josh riendo. "¡Es por tus ojos especiales de mosca!

Están diseñados para que puedas ver a tu alrededor, en caso de que haya depredadores. Debemos darnos prisa, sígueme, sé el camino a casa de la señora Sharpe."

A penas pudo ver la gigantesca mano rosa de Petty diciéndoles adiós lentamente mientras salían por la abertura de la tienda de campaña de plástico. Voló a través de la puerta del laboratorio, por las escaleras hacia el cobertizo y luego salió al jardín de Petty con Danny tras él. Ahora no se veía como un jardín, sino más bien como una inmensa jungla con una masa enmarañada de árboles exóticos que se extendía debajo de ellos, y llegaba hasta donde podían ver sus ojos de insecto. La jungla emitía olores intensos de hierbas, polen de flores y algo deliciosamente café y pegajoso al otro lado de la barda, cerca de la casa de Piddle.

Fascinado, Danny daba vueltas y giros. El cielo estaba lleno de aeronaves que pasaban a toda velocidad zumbando y haciendo todo tipo de sonidos extraños. "¡Es un espectáculo aéreo!" gritó mientras esquivaba lo que parecía ser un pequeño helicóptero negro con amarillo con un rostro aterrador. Dos jets azules pasaron junto a él a tal velocidad, que lo dejaron girando en mitad del aire.

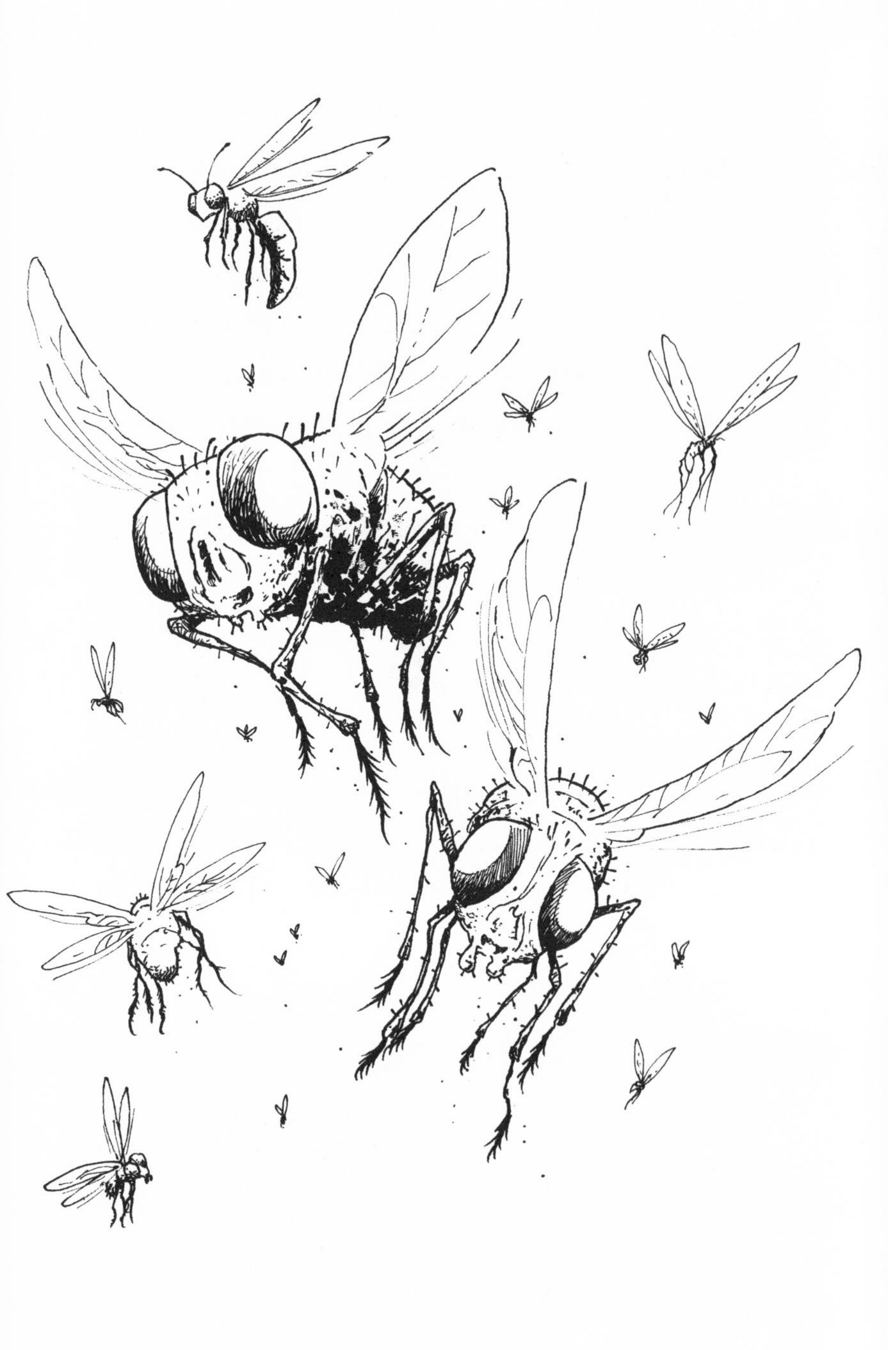

"¿De dónde salieron todos estos aviones?"

"No son aviones, ¡no seas tonto!" dijo Josh, que revoloteaba junto a él con sus patitas negras colgando y moviéndose con la brisa. "Son otros insectos. Cuídate de los amarillos con negro, son avispas. Nos devorarían con gusto si pudieran. Las libélulas, esos jets azules, también pueden ser muy feroces, pero creo que estos solo están buscando novias."

Josh pivoteó en el aire como un piloto experto y se

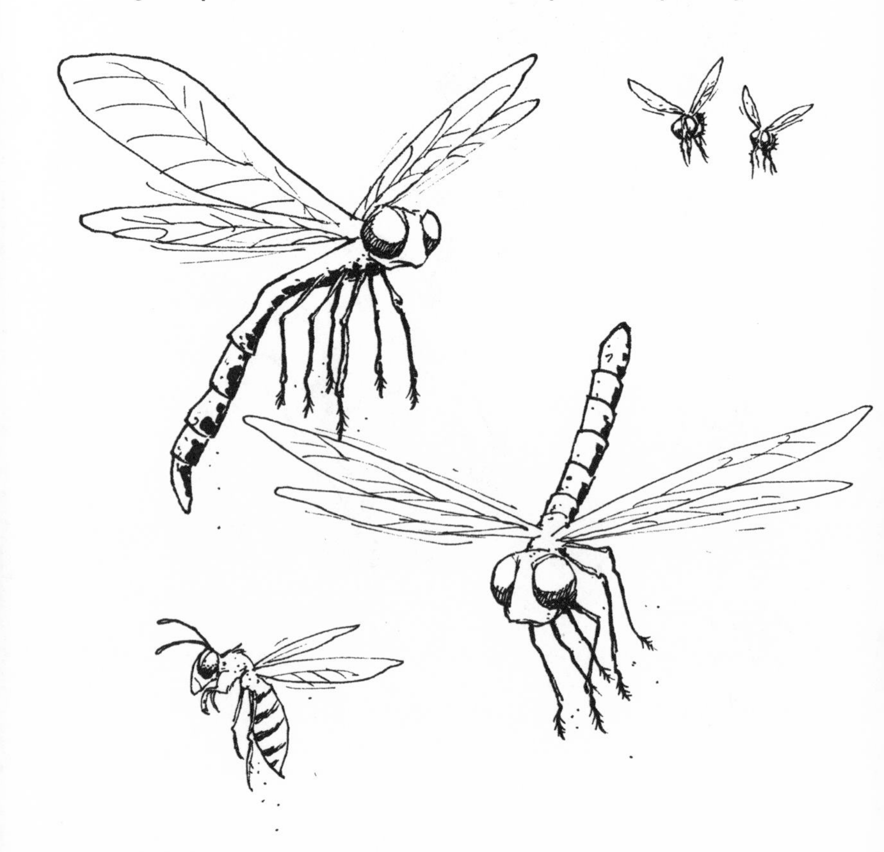

fue a toda velocidad hacia un árbol gigante al fondo del jardín. Danny lo siguió. ¡Ser mosca era genial!

"¡No puedo creer que alguna vez pensé que las moscas eran una porquería!" le dijo a Josh cuando se le acercó zumbando y haciendo piruetas en el aire. "¡Son increíbles!" Se sintió culpable por haber aplastado a una brillante máquina voladora contra la pared de su habitación con un cómic enrollado la semana anterior. Y aún más culpable por la que se había comido cuando fue araña.

En menos de los que canta un gallo habían cruzado la barda trasera entre los inmensos troncos de los árboles, y volaban sobre el jardín bonito y ordenado de la señora Sharpe, camino a su casa. Ahora tenían que entrar y averiguar si la señora había arruinado los arbustos de su mamá.

Entraron como balas por una ventana abierta en el piso de arriba y se encontraron en un amplio baño. Había frascos de pociones olorosas sobre una repisa de vidrio, por lo que la sensible antena de Josh se estremeció. Un bulto verde y blanco del tamaño de una roca estaba en el lavabo y despedía un intenso aroma a menta. ¡Pasta de dientes! pensó Josh.

"Todo huele diez veces más fuerte, ¿verdad?" le gritó a Danny. "¿Danny? Oh, cielos, ¡Danny! ¡No hagas eso!" gritó de nuevo.

Su hermano pegó un salto del susto.

"No pensabas beber eso, ¿o sí?" le preguntó Josh.

"No, ¡claro que no!" escupió Danny. "Yo... yo no me había dado cuenta de que estaba al borde del escusado. No sabía lo que era eso... solo olía..."

"¿Un poco... delicioso?" murmuró Josh. "Como sopa de baño."

Danny giró en el aire y miró fijamente a su hermano. "Es porque somos moscas, ¿verdad?"

"Sí," dijo Josh. "Para una mosca, el pipí es sopa."

"¿Y ese suculento olor junto a la casa de Piddle...?

"Mejor vámonos, ¿sí?" dijo Josh bruscamente. "¡Tenemos trabajo por hacer!"

Volaron encima el borde de la puerta del baño y cayeron por una tibia corriente de aire que provenía del piso de abajo. Ahora podían oír voces, fuertes, lentas y humanas.

Al seguir las voces que vibraban a su alrededor llegaron a la cocina. Olía increíblemente dulce. La señora Sharpe estaba horneando pasteles. Tarquin estaba con ella, sentado en la mesa de la cocina.

"¡Shhh!" dijo Josh. "Vamos a esperar aquí un rato y veremos si dicen algo de los arbustos cortados de mamá..."

De pronto, la habitación se puso de cabeza.

Moco pegajoso

No era de extrañarse que la habitación se hubiera volteado. Para Josh y Danny, que ahora estaban parados en el techo, estar de cabeza era la cosa más natural del mundo.

"¡Esto es genial!" dijo Danny. "¡Y esa mezcla para pastel huele tan bien!"

"¡Shh! Necesitamos escuchar lo que dicen," dijo Josh. No era fácil porque, igual que la vez anterior en la que se convirtieron en arañas, la voz humana para ellos sonaba mucho más profunda y lenta de lo que estaban acostumbrados. Sin embargo, después de un rato Josh sintió que su ágil cerebro de mosca se adaptaba y empezaba a entender lo que decían la señora Sharpe y Tarquin.

"Buen trabajo, Tarquin," dijo la señora Sharpe. "¿Estás seguro de que nadie te vio?"

"¡Claro que no, mamá!" dijo Tarquin. "No soy ningún idiota y lo sabes."

"Muy bien, siempre y cuando estés seguro. Aunque es obvio que mi jardín es el más bonito de la ciudad, los jueces podrían haber quedado encantados con esos horrendos y cursis pájaros de arbustos. ¡Ahora eso ya no va a pasar! Los escondiste bien como te dije. No dudaría nada que ella hiciera trampa y los pusiera de nuevo."

"Sí, mamá, están en la sala."

Josh y Danny suspiraron. ¡Petty tenía razón!

"¿En la sala? ¿Estás loco? ¿Qué pasa si el juez llega temprano y encuentra la evidencia sobre la alfombra?

La señora Sharpe agitaba con furia la cuchara de madera en el aire y un poco de mezcla para pastel escurrió en el piso. Un aroma delicioso le llegó a Danny y simplemente no pudo evitarlo. Bajó del techo a toda velocidad dando un giro en el aire y fue directo al suelo.

"¡Danny!" gritó Josh. "¡No hay tiempo para bocadillos! ¡Tenemos que encontrar los pájaros de mamá!"

"No.... puedo... evitarlo..." respondió Danny al mismo tiempo que aterrizaba encima de la mezcla amarillenta que sobresalía como una pequeña colina sobre las losetas rojas del piso. Su trompa salió de su cara y desapareció entre la gloriosa y esponjosa sustancia.

Ésta soltó una cosa pegajosa que hizo que la mezcla se volviera todavía más suave, por lo que pudo sorberla como si fuera una malteada. ¡Ooooooh! ¡Era una delicia!

Josh aterrizó a su lado con un plop. "Vamos," dijo. "Es hora de irnos." Pero antes de que pudiera decir otra palabra, su propia trompa se le había escapado y estaba ocupada soltando esa cosa pegajosa. Un segundo después, Josh también sorbía la malteada de mezcla para pastel con baba de mosca.

Luego vino un silbido como de viento detrás de ellos y escucharon un aterrador sonido. Josh y Danny voltearon y vieron una cuadrícula anaranjada gigantesca que se dirigía hacia ellos.

"¡ARRGHH!" gritó Danny y salió disparado hacia el aire. Su trompa se metió de vuelta a su boca con un latigazo. "¡Es un mata moscas! ¡Quieren aplastarnos!" Josh también había descubierto eso. Voló a través de la cocina a tal velocidad que su vista se hizo borrosa. Danny volaba muy cerca de él gritando "¡VAMOS! ¡VAMOS!"

Un segundo después estaban en el pasillo y luego Josh giró a la izquierda y volaron hacia la sala. "¡Mira!" gritó furioso, apuntando con una de sus patas delanteras. Sobre el inmenso espacio que formaba la alfombra roja de figuras estaban tirados tres pájaros hechos de hojas, cortados del arbusto de su mamá.

Ahora Tarquin entraba a la sala con la señora Sharpe detrás. Aún traía el mata moscas. Tarquin traía una bolsa de basura en la mano.

"Recógelos," dijo la señora Sharpe. "No, espera, primero tenemos que cortarlos en pedazos, en caso de que los señores de la basura los encuentren."

Y así fue como procedió a destrozar la creación favorita del arbusto de mamá.

"¡NOOOOOOOOOO!" gritó Josh y salió como torpedo hacia la cara de la señora Sharpe. Apuntó hacia su nariz, una enorme protuberancia rosa sobre la gigantesca masa rosa que era la cara, pero antes de que pudiera pensarlo dos veces, se metió directo hacia arriba de la fosa nasal.

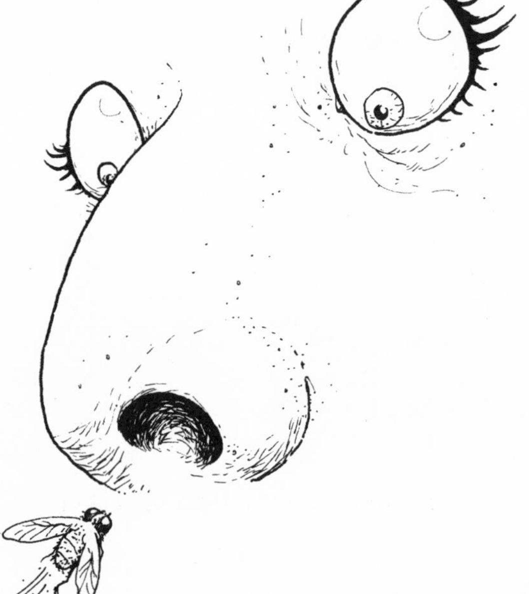

Ciertamente esto la distrajo. Mientras que Josh se revolcaba dentro de la asquerosa y ventosa caverna, la señora Sharpe se puso a gritar, escupir y estornudar, hasta que Josh salió disparado envuelto en una ráfaga de mocos.

Acabó pegado al sofá de piel dentro de un glóbulo verde. Mientras tanto, Danny voló y se escondió debajo del mueble. Volaba por encima de los gruesos grumos de polvo y cabellos y toda la basura hecha de envolturas torcidas de dulces que estaban sobre oscura la alfombra. Se dirigía hacia la línea de luz que se veía al otro lado del sofá, y planeaba subir rápidamente por detrás y rescatar a Josh. No quería atraer el mata moscas que Tarquin agitaba ahora ferozmente en el aire. Pero a solo unos centímetros del piso, detrás del sofá, algo lo frenó por la cabeza y detuvo en seco su vuelo.

Se sintió como si hubiera volado hacia la portería en un partido de fútbol. Como una gran red. Una enorme y pegajosa red. Una red pegajosa y temblorosa... Danny gritó y trató de liberarse, pero ésta se le había pegado como... como... ¡como una telaraña!

De pronto, en la polvorienta oscuridad, ocho rojos ojos se encendieron. Ocho patas largas y peludas empezaron a caminar por las silenciosas cuerdas hacia Danny. El muchacho no sabía tanto sobre la vida salvaje como su hermano, pero una cosa sí sabía: ¡la araña iba directo a comérselo!

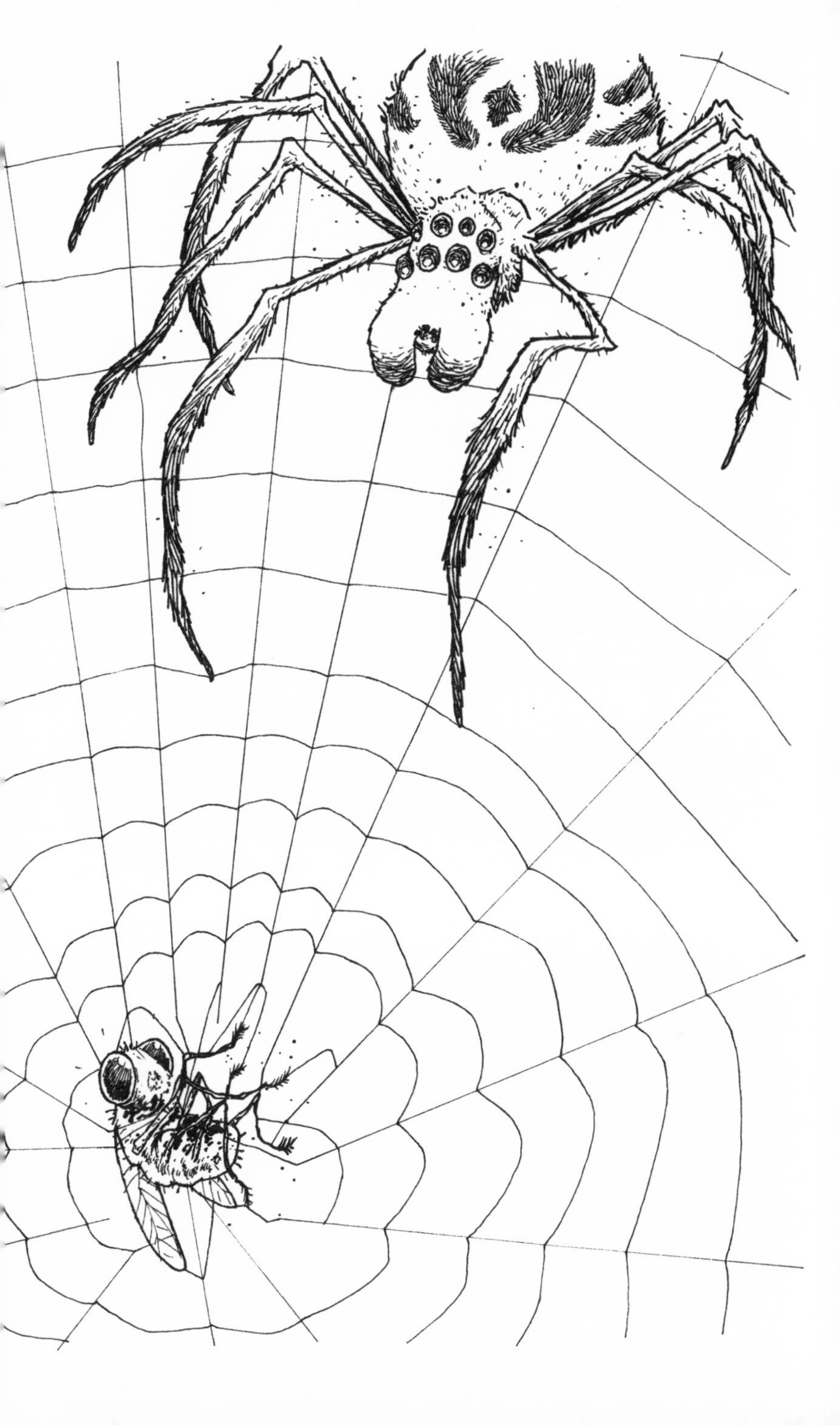

Un crujido justo a tiempo

Josh acababa de lograr zafarse del moco gigante y caminaba hacia la parte de atrás por el borde del sofá cuando escuchó el grito de Danny. A penas pudo oírlo, ya que la señora Sharpe hacía mucho ruido con sus estornudos y jadeos. Josh se asomó hacia abajo y lo que vio fue escalofriante.

Una araña gigante giraba a Danny con sus patas y lo envolvía en hilo de seda. Su hermano trataba de zafarse, pero la araña era mucho más fuerte. Era una hembra, a juzgar por su gran tamaño y sus delgadas papilas, pensó Josh.

"¡Mira!" gritó hacia abajo. "¡Todo esto es un error! ¡Ni él ni yo somos moscas de verdad!" La araña se detuvo, miró a Josh con sus ocho ojos y subió corriendo para atraparlo para el postre.

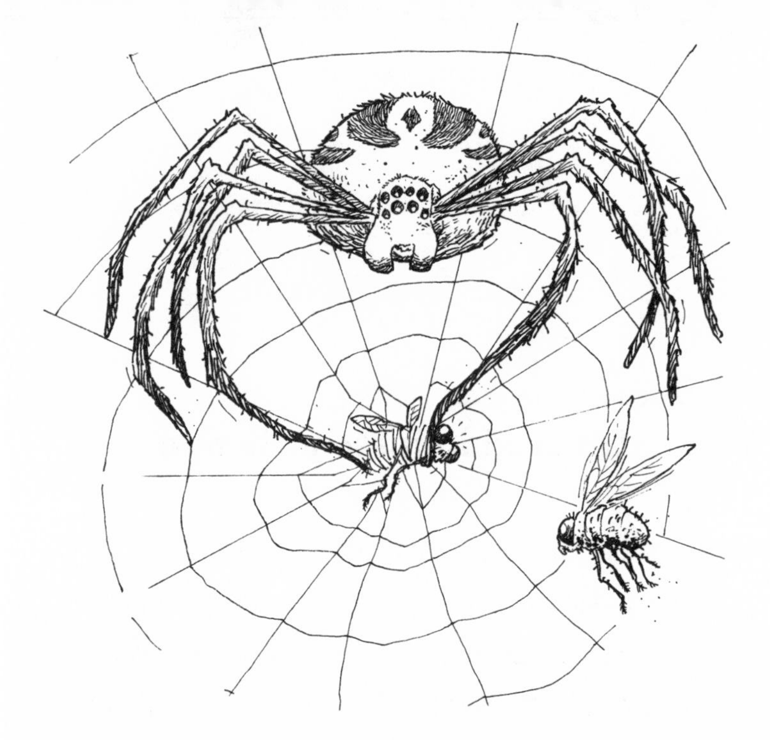

"¡Vuela!" le gritó Danny con una voz un poco distorsionada. Varios hilos de seda le tapaban la cara. Josh se elevó lejos del alcance del depredador. Entonces la araña regresó por su platillo principal.

"¡No te preocupes, Danny!" gritó Josh sobrevolando por encima. "No va a matarte enseguida... solo va... a morderte... un poquito..."

"¿Un poquito?" chilló Danny.

"Sí... y te paralizará con su veneno... y..."

"¿Y???" murmuró Danny entre un bocado de seda. "¿Y después qué?"

"Bueno... luego esperará a que tus entrañas se vuelvan líquidas antes de devorarte."

"¡Gracias por la información!" respondió Danny. "¡Saber exactamente lo que me espera de hace sentir mucho mejor!"

"Descuida, ¡voy a rescatarte!" gritó de nuevo Josh.

"¿Lo harás? preguntó Danny mientras la araña le acercaba su cara café y gris con motas y sacaba un par de gordos colmillos de su boca.

"No."

"Ah." Danny cerró sus ojos.

"¡Pero ellos sí!"

De pronto, se oyó un crujido.

Danny abrió los ojos justo a tiempo para ver desaparecer la última pata de la araña dentro de la cara peluda de...

"¡RASCA!" gritó feliz. "¡HUELE!" agregó con más felicidad al ver aparecer otra cara peluda. Dos ratas cafés y gigantes lo miraban con gran preocupación. La última vez que él y su hermano habían visto a Rasca y a Huele, las ratas les habían salvado la vida. ¡Parecía que se estaba volviendo costumbre!

"Cuidado," dijo Rasca. "Es un trabajo muy delicado quitarle la seda a una mosca sin arrancarle también las patas. Normalmente nos comemos a las moscas todavía envueltas."

A Danny le dio hipo del miedo. "Oh, no te asustes, solo estoy bromeando," dijo Rasca riendo. "No comemos moscas. Tenemos algo en común. ¡Los humanos las odian tanto como a nosotros! Y lo único que hacemos es limpiar cosas, tú sabes, nos deshacemos de toda la basura que ustedes ya no quieren. Nah. Las moscas y las ratas nos llevamos muy bien. ¿Quieres que reúna a un equipo y vayamos a atacar a Petty Potts por ustedes? ¡Ay, esto está muy pegajoso!"

"¡Oh, hazte a un lado, yo lo haré!" dijo su esposa.

Huele se agachó y empezó a deshacer la seda con mucho cuidado con sus dedos delicados y de largas uñas.

Josh aterrizó junto a ellos.

"¡Te devoraste a esa araña de un bocado!" dijo asombrado. "Prensé que ustedes habían dicho que no comían arañas... la última vez que nos vimos."

"Bueno, querido," dijo Huele mientras liberaba a Danny. "Lo dijimos por educación, en ese momento ustedes eran arañas."

"No nos gustan mucho," dijo Rasca al mismo tiempo que se sacaba una pata de araña atorada entre los dientes. "Pero no vamos a permitir que una de ellas devore a un viejo amigo, ¿o sí?"

"¿Qué hacen aquí?" preguntó Josh.

"Solo hacemos nuestra ronda, cariño," dijo Huele. "Siempre vale la pena venir cuando hace pasteles.

Tira mucha mezcla. Entramos y oímos algo de escándalo por aquí, y luego reconocimos sus voces."

"¡Muchas gracias!" suspiró Josh. "Creí que esta vez sería el fin de Danny."

"Bueno, lo será si se quedan aquí más tiempo," dijo Rasca. El roedor miraba con sus enormes ojos alrededor de la cueva oscura detrás del sofá. "Hay muchas más arañas por aquí. ¿Cómo permitieron que esa científica loca los atrapara y los rociara de nuevo?"

"No, quiero decir, decidimos rociarnos nosotros mismos esta vez," dijo Danny, una vez más de pie en sus seis patas y moviendo con cuidado sus alitas.

"Deben estar completamente locos," dijo Huele moviendo la cabeza y los bigotes. "La última vez casi logran que se los coman, y aquí están de nuevo, ¡a punto de ser devorados otra vez! ¿Acaso no aprendieron la lección?"

Danny y Josh explicaron rápidamente su misión.

"Entonces," dijo Rasca, "déjenme entender. ¿Dejaron que Petty Potts los convirtiera en moscas para poder rescatar unos pedazos del arbusto de su mamá?"

"Bueno... más o menos," dijo Josh. Había que admitir que ahora sonaba como una idea bastante mala. "Queríamos descubrir si en realidad la señora Sharpe o Tarquin habían cortado los pájaros de sus arbustos, y ahora que los encontramos aquí, tal vez mamá todavía pueda ponerlos de vuelta con alambre si logramos recuperarlos."

"¿Esos pedazos de arbusto que están deshaciendo justo ahora?" preguntó Rasca.

"¡NO!" gritaron al mismo tiempo los hermanos.

"¡Tienen que detenerlos, por favor!" les suplicó Josh. "Nosotros somos demasiado pequeños para hacerlo. ¿Podrían distraerlos?"

Rasca y Huele se miraron uno a otro, encogieron los hombros y corrieron por la alfombra.

"Eeeeek, eeeek," dijo Rasca con voz más bien aburrida. En seguida la señora Sharpe volteó, miró hacia abajo y empezó a gritar horrorizada. "Eeek, eek. Mírame. Estoy infectado de plaga..."

Él y su esposa desaparecieron por el pasillo gritando, "¡Vengan por nosotros! ¡Eeeeeek!"

"¿Cuántas veces tengo que decirte," escucharon que Huele lo regañaba, "que dejes de decir lo de la plaga?"

La señora Sharpe y Tarquin corriendo tras ellos haciendo un gran escándalo.

Danny y Josh sonrieron y volaron lejos de la oscura cueva detrás del sofá. Desde lo alto podían ver los pájaros tirados en el piso. Solo uno de ellos había perdido un ala.

"¡Volemos de regreso, que Petty nos convierta de nuevo y traeremos a mamá lo antes posible para que los confronte antes de que tengan tiempo para destruir la evidencia!" dijo Danny.

"Está bien," dijo Josh. "Sin tan solo podemos hacer que mamá nos crea."

Danny salió volando por el cuarto hacia el pasillo, pero Josh de pronto empezó a sentirse raro y un poco pesado. Un minuto estaba en el aire, a punto de volar detrás de su hermano, y el siguiente...

Josh se vio de cara sobre la alfombra roja de figuras. ¡Acababa de convertirse de nuevo en niño! Se puso de pie y abrió la boca para gritarle a Danny, pero se dio cuenta de que no podía, ¡estaba en la sala de la señora Sharpe! Ella y Tarquin estaban afuera, en el pasillo, persiguiendo a Rasca y a Huele.

"Vamos por los fierros de la chimenea. ¡Podemos pegarles con esos! dijo la señora Sharpe.

Y la puerta de la sala se abrió de par en par.

Rápido y feliz

Josh corrió a esconderse detrás del sofá justo en el instante en que entraron, solo que esta vez estaba muy apretado.

"¡Ugh! ¡Qué asco!" gimió la señora Sharpe. "Tendremos que llamar al exterminador, pero, ¿cómo? Los vecinos se enterarían y me sentiría tan humillada. Imagínate, ¡ratas! ¡Plaga en mi casa, en mi jardín!"

Josh espiaba por un pequeño espacio entre el sofá y la pared y vio cómo destrozaban los pájaros del arbusto. Luego escuchó un quejido.

"¡Oh, por Dios!" gritó la señora Sharpe. "¡Deja de llorar, Tarquin!"

"¡Pero, mamá! Uno de ellos me rasguñó cuando lo patee, tal vez me voy a infectar," sollozó Tarquin.

"¡Para ser genio, eres bastante tonto, Tarquin!" esa fue la tierna respuesta de su madre.

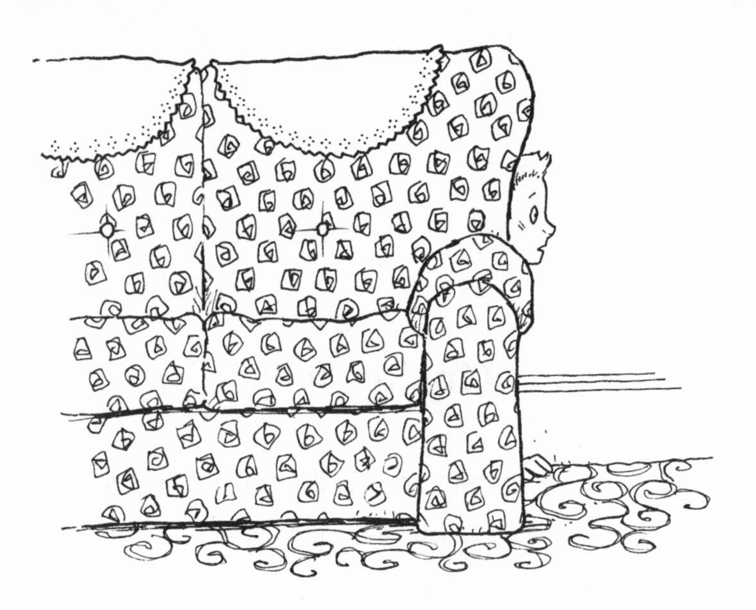

Apretado detrás del sofá, Josh se preguntaba qué hacer. Tenía frente a él la evidencia de que habría trampa en el concurso del mejor jardín. ¡Pero ahora estaba atrapado! La ventana estaba junto sobre su cabeza, pero si intentaba escapar por allí lo verían Tarquin y la señora Sharpe. Podrían llamar a la policía luego esconderían la evidencia de su propio crimen antes de que llegara. Incluso con el apoyo de Danny, ¿quién creería a dos niños de ocho años contra la señora Sharpe y su hijo?"

¿Y dónde estaba Danny?

Esto no estaba nada bien. Nada. Josh suspiró. Luego sintió que algo se movía dentro del bolsillo de su pantalón. ¡Era su cámara nueva! Josh sonrió. Sacó la cámara y la encendió. Enfocó con el lente por el agujero y tomó una fotografía de la señora Sharpe y de su hijo. Y no era una foto muy halagadora...

"¡Es como un basurero aquí dentro!" dijo ella. "Primero moscas, luego ratas, ¿qué sigue? ¿Una plaga de langostas?" Justo cuando se dirigía hacia los pájaros favoritos de su mamá, sus ojos se abrieron e hizo una pausa.

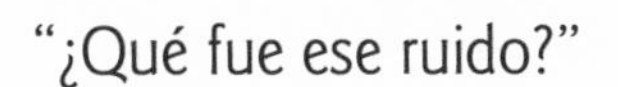

"¿Qué fue ese ruido?"

"¿Langosta?" suspiró Tarquin con cara de espanto.

"¡Vino de atrás del sofá!" murmuró, y en seguida madre e hijo voltearon a ver justo el lugar en el que Josh estaba escondido. Él podía verlos por el espacio, ¿pero podrían verlo ellos?

"¡Tarquin, ve que hay detrás del sofá!" ordenó la señora Sharpe.

"¡No quiero!" chilló Tarquin. "Pueden ser más ratas..."

"Si quieres té hoy harás lo que te digo" gritó su madre.

Tarquin gateó hasta el sofá, puso sus dedos huesudos en la parte de arriba y lo jaló. Josh se estremeció. Estaba a punto de ser descubierto escondido detrás del mueble de la casa de un vecino, como un ladrón cualquiera.

"¡AAAARGH!" gritó de pronto la señora Sharpe. "¡Ratas! ¡Ratas! ¡Allí van otra vez!"

Josh rio aliviado en silencio. Rasca y Huele habían entrado a la habitación, habían dado una vuelta a la alfombra y habían salido corriendo de nuevo.

En cuanto Tarquin y la señora Sharpe salieron a perseguirlos, Josh dio un salto, brincó encima del sofá, recogió los pájaros de su mamá en la bolsa de basura, se la colgó del hombro y salió a toda prisa por la ventana de la sala. Aterrizó en el inmaculado jardín de enfrente. Gracias a los gritos de la señora Sharpe y a los quejidos de Tarquin que salían de la casa, pudo correr a la reja y de allí directo a casa.

Cuando llegaba a la esquina de la calle, tropezó con Danny.

"¡Aquí estás!" gritó su hermano. "¡Pensamos que te habían aplastado!"

Petty veían por la calle corriendo detrás de Danny.

"¡Oh, gracias a Dios!" jadeó. "¡No fuiste devorado! ¡Ahora, muchachos traviesos, no vuelvan a hacer eso!"

Josh y Danny voltearon a verla muy molestos.

"Bueno, está bien," dijo ajustando sus anteojos. "Me gusta fingir de vez en cuando que soy un adulto normal..."

El retrato perfecto

La tarjeta de memoria de la cámara entró a la computadora de Petty, misma que hizo ruidos extraños.

"Es muy potente pero un poco lenta," dijo Petty bajo la luz verde del laboratorio.

"Mmm... hay una cosa que me pregunto..." dijo Danny.

"¿Sí, Danny?" respondió Petty mientras empujaba sus lentes sobre su nariz y escribía en el teclado.

"¿Por qué no estamos completamente desnudos?"

Petty parpadeó sorprendida. "¿Porque es un día un poco frío?"

"No, ¿me refiero a que por qué no hay dos montones de ropa en la tienda de campaña en la que fuimos convertidos?" continuó Danny. "Cuando nos convertimos en moscas debimos haber volado fuera de nuestros pantalones, ¿no? Y luego, cuando volvimos a ser humanos, ¡deberíamos haber estado desnudos!"

Petty rio. "Muy buen punto, Danny. Tiene que ver con la forma en que funciona el spray SWITCH. Cambia todos los patrones de energía de las células y todo lo que se conecta con las mismas hasta el punto en que cambia todo lo que haya sido rociado."

"¿Patrones de energía?" repitió Josh.

"Sí. Todo lo que necesitan saber es que lo que está conectado con ustedes también cambia, ¿está bien?"

Josh y Danny asistieron lentamente.

"Y eso es muy bueno," agregó Petty. "Lo último que necesitamos mientras estamos trabajando juntos en un proyecto secreto, es un par de gemelos idénticos de ocho años totalmente desnudos."

"¿Estamos...?" dijo Danny mientras miraba fijamente a su hermano.

"¿Trabajamos en un proyecto secreto? ¿Con ella?" Josh alzó los hombros. No lo había decidido aún. Sin importar lo emocionante que fuera ser dragón algún día, esto simplemente era demasiado peligroso. Hace menos de una hora, Danny había estado a punto de ser devorado por una araña.

Un timbre sonó.

"¡Ah!" dijo Petty. "Aquí están tus fotos, Josh." Una serie de fotografías se desplegó en la pantalla. El dedo de Josh. El ojo de Josh. Danny con la cabeza de lado riendo a carcajadas porque Josh tomaba imágenes distorsionadas. Luego fotografías de mamá en el jardín, un acercamiento al jardín de rocas, Danny fingiendo ser una mosca gigante, sentado detrás de Jenny, Jenny golpeándolo con una revista... Y luego, tres imágenes muy claras de...

... una alfombra roja de figuras.

"¿Qué?" gritó Josh. "¡Oh, no! ¿En dónde quedaron las fotos de la señora Sharpe y Tarquin? ¡Ahora no tenemos ninguna evidencia"

"Debes haber enfocado mal," agregó Danny. "Qué pérdida de tiempo."

"Tonterías," dijo Petty Potts mientras se agachaba para ver de cerca las fotografías. "Tienes los pájaros de tu mamá, ¿cierto?"

"Si, ¡pero quería que la policía pudiera arrestar a la señora Sharpe y a Tarquin!" resopló Josh.

Petty había agrandado una de las fotos en su computadora de manera que llenaba toda la pantalla y la miraba tan de cerca, que su nariz estaba prácticamente contra el monitor. "¿Qué importan ellos?" dijo con una voz cada vez más emocionada. "¡Josh! ¿En dónde es esto?" y señaló al muchacho la foto del jardín de piedras de su mamá. Josh vio, por primera vez, que había algo brillante debajo de una de las piedras. Probablemente un pedazo de vidrio roto.

"Tomé esa en el jardín de enfrente," dijo Josh. "¿Por qué?"

"¡Llévame allí, enseguida!" exigió Petty al mismo tiempo que se ponía de pie. Josh y Danny alzaron

los hombros y la guiaron hasta allí. Dos minutos más tarde, Petty Potts estaba en cuatro patas escarbando entre de las piedras. Qué bueno que mamá estaba adentro de la casa después de haber vuelto a poner los pájaros en su lugar. Se hubiera horrorizado. Luego de unos segundos, Petty saltó con algo cubierto de tierra en la mano. "¡SÍII!" gritó.

"¡Miren! ¡Danny! ¡Josh! ¡No puedo creerlo!"

Ambos miraban el objeto en su mano y un poco de tierra suelta cayó al suelo. Era un cubo de cristal.

"Cielos, es... es uno de esos cubos SWITCH," dijo Danny.

Esta vez podía ver una imagen holográfica dentro del cubo de cristal. Se parecía un poco a un cocodrilo.

Petty Potts sostuvo el cubo junto a su mejilla. "¡Otro cubo REPTO-SWITCH! ¡Sabía que no podían estar demasiado lejos! ¡Lo sabía! Ahora... si tan solo pudiera recordar en dónde escondí los otros."

"¿Estás segura de que los escondiste?" preguntó Josh.

"Sí. Mi memoria está estropeada en partes, como bien lo saben, pero recuerdo haber escondido los cubos en un lugar en el que pudiera encontrarlos después en una emergencia. Hay cuatro más como este, otros cubos REPTO-SWITCH escondidos cerca del laboratorio," explicó Petty.

"Pero olvidaste en dónde los escondiste," agregó Danny.

"¡Sí! ¡Exacto! Hasta ahora solo he logrado encontrar los cubos con el código de insecto. ¡Todos los demás han estado perdidos por años! Y es por eso que necesito su ayuda. ¿Podrían buscar los cubos REPTO-SWITCH por mí?" preguntó Petty con una sonrisa esperanzada (y esta vez ya no parecía una araña en su telaraña).

"Mira," dijo Josh. "Vamos a ayudarte. Vamos a buscar los cubos. Pero ya no nos convertiremos en insectos, ¿de acuerdo?"

"¡Totalmente de acuerdo!" dijo Petty. "Ni siquiera soñaría con pedírselos de nuevo."

Puso el cubo de cristal en su bolso y acarició las dos cabezas con sus dedos un poco lodosos.

"Josh, Danny, ¡bienvenidos al proyecto SWITCH!"

Fin del vuelo

"¡Tengo que decir que es hermoso!" el juez del concurso sonrió con aprobación al ver el jardín.

"¡En especial me gustan estos!" agregó mientras acariciaba los pájaros del arbusto. "Debe haberle tomado años para que crecieran y pudiera recortarlos con estas formas encantadoras." En torno al juez se escuchaban murmullos de las personas que estaban impresionadas.

"Oh sí, años," agregó mamá con una gran sonrisa nerviosa. "Pero debo admitir que ayer alguien vino y los cortó. Tuve que ponerlos de vuelta con alambre."

La multitud se quedó sin aliento y el juez levantó las cejas. "Desde luego que no van a durar," continuó mamá. "En una semana las hojas se habrán secado, pero por ahora se ven muy bien. Espero que eso no quiera decir que estoy descalificada, pero prefiero decir la verdad." Seguía sorprendida de que le hubieran regresado sus pájaros del arbusto. Josh y Danny habían entrado corriendo a la casa la tarde del día anterior a decirle que los pájaros estaban tirados en el jardín.

"Bueno, creo que es muy bueno que usted sea honesta," dijo el juez. "Por supuesto que no voy a descalificarla por un truco sucio que alguien más le hizo."

La gente siguió caminando y mamá, Josh y Danny también siguieron al juez para ver cómo inspeccionaba los demás jardines de la competencia.

De pronto Petty Potts apareció detrás de los gemelos. Ellos le sonrieron con tristeza. Como hubieran deseado que hubiera salido bien la fotografía de Tarquin y la señora Sharpe con los pájaros cortados que Josh había tomado. Pasaron toda la mañana refunfuñando sobre eso junto al cobertizo al fondo del jardín. Hasta Rasca y Huele habían aparecido (vivían bajo el cobertizo) y se sentaron un rato en sus hombros. Las ratas movieron sus peludas cabecitas cuando Josh les contó lo que había pasado. "¡No quiero ni pensar que esa pesada de la señora Sharpe pueda ganar el premio!" dijo Danny. Rasca y Huele rechinaron y corrieron de vuelta a esconderse cuando mamá llegó a decirles que el concurso estaba por comenzar.

Ahora la multitud se reunió en el jardín de la señora Sharpe mientras que el juez lo examinaba.

"De cualquier forma, ustedes bien saben que no querían que la policía se involucrara," agregó Petty. "Hubieran querido saber cómo fue que entraron a la casa de la señora Sharpe. Es mejor que las cosas se queden así."

El jardín de la señora Sharpe estaba ordenado con plantas y flores muy arregladas y un césped perfecto, además de una pequeña fuente. La señora Sharpe se paró junto a la reja luciendo un sombrero de ala ancha y saludando a todos los asistentes con unos guantes blancos en sus manos, como si fuera la mismísima reina.

"Muy bien como siempre, señora Sharpe," le felicitó el juez luego de mirar el jardín por unos minutos. "Siempre es uno de los mejores jardines. Es impecable."

"Bueno, sabe bien que no tolero el desorden ni nada desagradable en un jardín," dijo con una sonrisa la señora Sharpe. "Para mí tiene que haber un orden perfecto. Nada menos." Tarquin estaba de pie detrás de ella vistiendo un traje azul marino y una sonrisa pedante.

"Bien," dijo el juez. "Ya que este es nuestro último jardín, creo que ahora podemos anunciar al ganador."

Un murmullo de expectación se escuchó entre la multitud, y solo fue interrumpido por el zumbido de algunas moscas. Luego algunas moscas más. Y mucho más zumbido.

El juez se sacudió la cara. "¡Cielos! Su jardín es un paraíso para los insectos, señora Sharpe."

"Bueno, lo es para las mariposas y las abejas," agregó la señora Sharpe al mismo tiempo que se limpiaba algo de la barbilla.

"No, moscas y moscardones," dijo Josh con una sonrisa. Había muchísimas moscas. De hecho, era todo un enjambre. Alguien dio un grito. Nubes de moscas invadían todo el jardín de la señora Sharpe y aterrizaban en la barda y sobre su pequeña fuente.

"Son atraídas por la basura, la carne podrida, la popó de perro y todas esas cosas," informó alegremente Josh a la multitud presente.

"¡No tengo ni basura, ni carne podrida o popó de perro en mi jardín! exclamó la señora Sharpe.

"Pues debe tener en algún lugar. ¡Seguramente también tiene plagas! señaló Petty. Y en ese momento, Rasca y Huele pasaron corriendo alrededor de la fuente. Corrían por todo el césped haciendo ruidos y el enjambre de moscas los seguían. Mientras la gente entraba en pánico, Josh y Danny se revolcaban de las carcajadas. Obviamente sus amigos roedores habían decidido ayudarlos luego de escuchar las malas noticias de los hermanos.

"¡Claro!" dijo Josh con una gran sonrisa a Danny y Petty. "¡Rasca nos dijo que podía hacer que las moscas formaran un enjambre y revolotearan por él, y ahora lo está demostrando!"

Todos se alejaban a toda prisa del jardín de la señora Sharpe.

"¡Esperen! ¡Esperen!" gritaba tras ellos y se espantaba como loca a las moscas. "¡Puse té! ¡Hice pastelillos! Panqués y mermelada... para festejar mi victoria..."

"No hay nada que celebrar este año, señora Sharpe," agregó el juez al mismo tiempo que apuntaba algo en su libreta y corría por la calle. "¡Quedó en noveno lugar! ¡Será mejor que llame para que le ayuden con esa plaga de ratas!"

"¡Pero yo no tengo ninguna plaga de ratas! ¡Ninguna! decía sollozando la señora Sharpe en medio de su baile desesperado, con Tarquin a su lado dándose muchos manotazos en la cara.

Josh se quedó para tomarles una fotografía. Esta vez pudo enfocar correctamente.

"¡Muy buen trabajo, Rasca y Huele!" los felicitó Danny mientras sus amigos peludos desaparecían detrás del invernadero de la señora Sharpe.

De vuelta en casa, todo el público felicitaba a mamá. ¡Había ganado! Hasta Jenny bajó para unirse a la celebración.

"¡Guácala! ¡Odio las moscas!" dijo con cara de disgusto cuando oyó el relato del drama. "Seguro Danny enloqueció."

"No," dijo Danny. "Las moscas son geniales. No

volveré a aplastar a ninguna, son mis amigas." Se fue caminando mientras Petty se acercaba a Josh.

"Entonces, ¿están seguros de que están bien?" Preguntó examinando al muchacho detenidamente. "¿Ningún efecto secundario?"

"Yo no tengo nada," dijo Josh. "Pero no estoy tan seguro de él," dijo señalando a su hermano.

Danny arrugaba la nariz y veía el basurero babeando por el antojo.

"¡Dannyyyy!" lo llamó su hermano.

"No... puedo... evitarlo..." gimió Danny al mismo tiempo que acariciaba la tapa.

"¡Una araña!" gritó Josh y en ese instante su hermano corrió adentro de la casa. Casi chocó con Jenny mientras iba caminando de vuelta.

"¿Por qué siempre tienes que molestarme?" gritó la chica. "¿Y tú qué rayos haces por allá, Josh?"

"Mmm... nada," dijo el muchacho oliendo la tapa del basurero. Luego corrió detrás de su hermano antes de caer en la tentación de darle un lengüetazo a las partes pegajosas. "¡Voy volando!"

ULTRA SECRETO

—SOLO PARA PETTY POTTS

NOTA *575.3

TEMA: JOSH Y DANNY PHILLIPS — RECLUTAMIENTO

¡Buen trabajo! Convencí a Josh y a Dany de unirse al proyecto SWITCH y no parecen haber sufrido ningún efecto secundario a causa de su última transformación, además de querer comerse la basura del basurero.

Josh es el más listo y sabe mucho de vida salvaje, así es que será de gran ayuda a la hora de tomar notas. Danny también es inteligentemente y es muy valiente, en especial tomando en cuenta que le tiene miedo a los bichos y a los insectos.

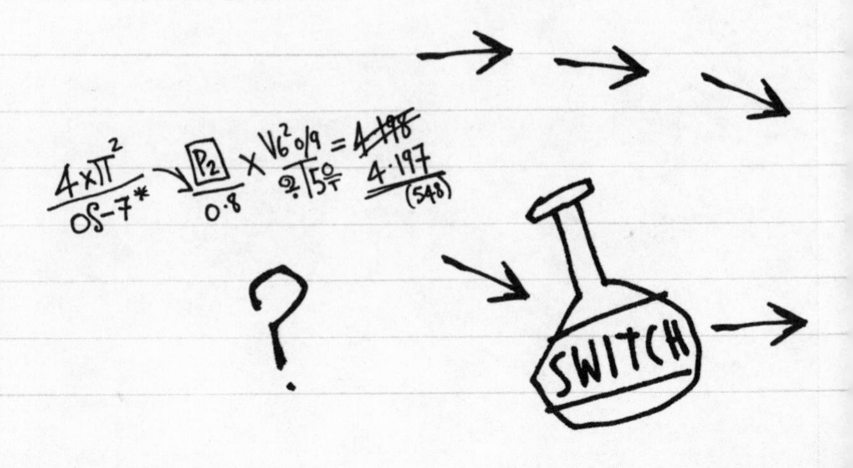

Claro que lo más importante es que hay dos pares de ojos en busca de los cubos REPTO-SWITCH perdidos. ¡Hoy encontramos uno! Ahora tengo dos de seis. Si Josh y Danny pueden ayudarme a encontrar los otros cuatro, podré avanzar en el proyecto al nivel de los reptiles. Todavía no les he contado la historia completa.

Saben sobre Victor Crouch, el mugroso ladrón, pero todavía no saben que creo que puede estar observándome. Esa es la razón principal por la que yo no debo buscar los cubos REPTO-SWITCH. Si Victor, o alguno de sus espías llegaran a verme, se darían cuenta de que hay más cubos y también empezarían a buscarlos por toda la calle. Pero ninguno de los espías de Victor sospecharía de dos niños de ocho años, ¿o sí?

¡REPTO-SWITCH, AQUÍ VAMOS!

GLOSARIO

Antena—Parte larga y delgada que sale de la frente de los insectos. Las moscas usan las antenas para oler y sentir su entorno.

Celular—Algo hecho de un grupo de células vivas.

Hexagonal—Una forma que tiene seis lados.

Holograma—Imagen hecha con rayo láser que parece tener tres dimensiones (3D).

Insecto—Animales con seis patas y tres partes del cuerpo: cabeza, tórax y abdomen.

Langostas—Insectos que se reproducen muy rápido y vuelan en grandes grupos llamados enjambres. Un enjambre de langostas puede causar un gran daño a las cosechas.

Mamífero—Animales que dan a luz a sus crías y las alimentan con su propia leche. Los humanos y las ratas son mamíferos.

Moscardón—Tipo de mosca que tiene una parte color azul y verde metálico en el tórax. Están cubiertos de pelos negros y ásperos. Producen un zumbido al volar y miden aproximadamente de 10 a 14 mm de largo.

Papilas—Antenas que usan las arañas para buscar comida.

Plaga—Conocida también como la muerte negra, la plaga fue una terrible enfermedad. Las moscas que vivían sobre las ratas eran portadoras de la misma y la contagiaban a los humanos. Algunos animales o insectos pueden transmitir enfermedades y dañar las cosechas. Las ratas pueden ser una plaga.

Reptiles—Animales de sangre fría. Los lagartos y las serpientes son reptiles.

Secuestro—Tomar control de algo a la fuerza.

Tórax—Sección del cuerpo de una araña entre la cabeza y el abdomen.

Trompa—También conocida como probóscide, es un órgano largo que forma parte de la boca y sirve para aspirar comida.

LUGARES PARA VISITAR

¿Quieres aumentar tu conocimiento sobre los insectos? Esta es una lista de lugares a los que puedes ir:

Museos de historia natural

Zoológicos

Bibliotecas

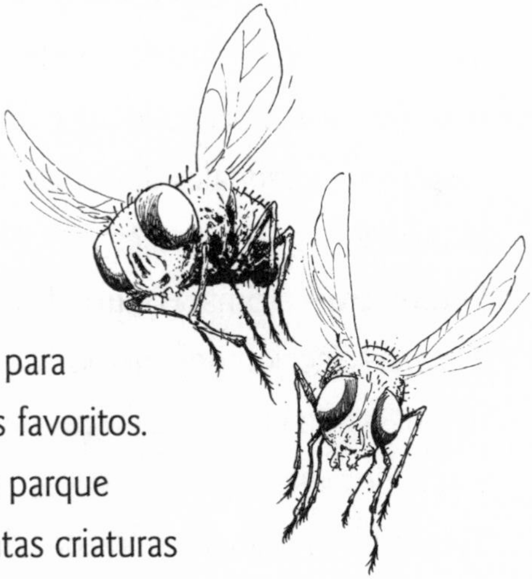

Recuerda que no necesitas ir muy lejos para encontrar a tus bichos favoritos. Sal al jardín o a algún parque cercano para ver cuantas criaturas diferentes puedes ver.

SITIOS WEB

Aprende más sobre la vida salvaje y la naturaleza en los sitios siguientes:

http://www.bbc.co.uk/cbbc/wild/

http://www.nhm.ac.uk/kids-only/

http://kids.nationalgeographic.com/

http://www.switch-books.com.uk/

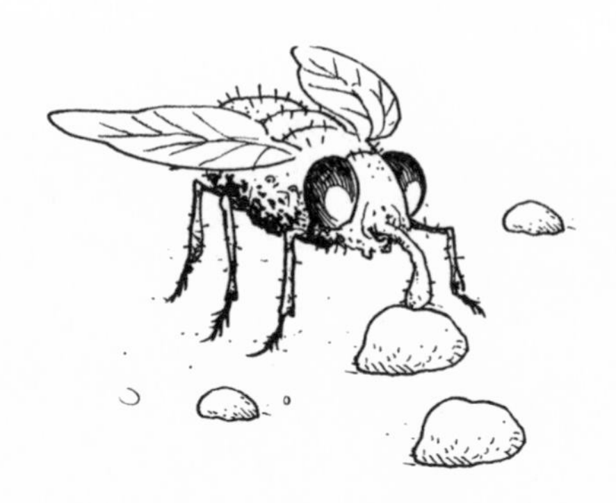

Acerca de la autora

Ali Sparks creció en los bosques de Hampshire. De hecho, para ser exactos creció en una casa en Hampshire. El bosque es genial pero no tiene las comodidades necesarias como sofás y refrigeradores bien surtidos. Sin embargo, ella pasaba mucho tiempo en el bosque con sus amigos y allí desarrolló un gran amor por la vida salvaje. Si alguna vez ves a Ali con una enorme araña sobre su hombro, lo más probable es que esté gritando "¡¡¡AYYYYYYYQUITEEEEEENMELAAAAA!!!"

Ali vive en Southampton con su esposo y sus dos hijos y jamás mataría a ningún bicho. Ellos le temen más a ella de lo que ella les teme a ellos. (Los bichos, no su esposo y sus hijos).

Otros títulos de la serie

Ali Sparkes
Ganadora del Blue Peter
Book of the Year
Ilustrado por
Ross Collins
SWITCH
SUERO PARA EL TOTAL SECUESTRO CELULAR
Estampida de Arañas
Uranito

Ali Sparkes
Ilustrado por
Ross Collins
SWITCH
Problema de Grillos
Uranito

Ali Sparkes
Ilustrado por
Ross Collins
SWITCH
Ataque de Hormigas
Uranito